月 亮

把圆满分给人间

张春林　著

南方出版社·海口

图书在版编目（CIP）数据

月亮把圆满分给人间 / 张春林著 . —— 海口：南方
出版社，2024.3
ISBN 978-7-5501-8871-6

Ⅰ . ①月… Ⅱ . ①张… Ⅲ . ①诗集－中国－当代
Ⅳ . ①I227

中国国家版本馆 CIP 数据核字 (2024) 第 020752 号

月亮把圆满分给人间
YUELIANG BA YUANMAN FENGEI RENJIAN

张春林　著

责任编辑： 高　皓
出版发行： 南方出版社
邮政编码： 570208
社　　址： 海南省海口市和平大道 70 号
电　　话：（0898）66160822
传　　真：（0898）66160830
印　　刷： 三河市华东印刷有限公司
开　　本： 880mm×1230mm　1/32
印　　张： 8
字　　数： 160 千字
版　　次： 2024 年 3 月第 1 版
印　　次： 2024 年 3 月第 1 次印刷
书　　号： ISBN 978-7-5501-8871-6
定　　价： 69.00 元

张春林，1979 年生于四川宜宾，中国诗歌学会会员，四川省作家协会会员，有诗作在《中国作家》《十月》《星星》《边疆文学》《鸭绿江》等刊物发表。

繁复而细微的人间风景

——序《月亮把圆满分给人间》

梁平

与张春林有过两次见面，一是在宜宾，《十月》杂志在江安的活动，他陪北京来的客人也到了江安，其间送走了客人，过来小坐、茶叙，他的宜宾文友杨角、云和、麦笛也在。春林很安静，很少说话，只是微笑着，偶尔插话一两句。第二次是他公干从北京回来，落地成都，有朋友安排在府南河边的成都很行小聚，成都诗人赵晓梦、吴小虫、黄世海几个诗人都在，春林把成都很行晃眼看成了成都银行，到了才知道是一个小店，闹了个小误会。我对他说，不止你一个，好多人第一次来都犯嘀咕，咋就约去了成都银行。两次见面其实只有一个主题，谈的大多是诗歌，谈到诗歌春林就像一个孩子，所有的真诚和单纯都写在脸上。

后来知道了张春林的诗集《月亮把圆满分给人间》即将出版，他把电子版发给我，希望我能够提一点意见。换一个人我可能就谢绝了，与春林尽管交往不多、时间也不长，但他对诗歌的真诚和单纯，在我这里一直挥之不去，就应了。宜宾是有丰厚历史人文传统的城市，岷江、金沙江、长江三江交汇，名副其实的万里长江第一城。前有杜甫、黄庭坚、范成大等文人雅士都曾经客居于此，黄庭坚谪居宜宾近三年，留下了脍炙人口的诗酒佳话。李庄的林徽因、梁思成，江安国立剧专的余上沅、曹禺、吴祖光、焦菊隐等等，一个矩阵至今光芒照耀。当下宜宾的大桥、杨角、麦笛、春林们正在续写长江第一城的新篇。

《月亮把圆满分给人间》按照诗歌的创作主题分为了《这样也好》《寻回自己》《仰面修行》《与风和解》《鹭过长江》五辑。诗人选取了226首诗歌入集，诗人经由这些诗将视野投放到生活与人生方方面面的事象与物象之中，并由此展开深层次的思考。纵览诗歌中这些纷繁复杂的书写主题，我以为诗人创作的以下三类主题的诗歌占据了创作的主体地位：第一，对于弱势群体命运与人生进行观照的诗歌；第二，对于人生终极问题"生与死"反思的诗歌；第三，对于宜宾地理环境与历史文脉进行梳理的诗歌。

悲悯意识与人文情怀让张春林通过诗歌去关注和表现底层人民与弱势群体的生存处境及命运，他给我们展示了不同年龄、不同身份、不同性别的人在命运的泥淖中挣扎，为读者展示了被遗忘在角落里底层人卑微的生命。如《快剪师》用白描的方式刻画一位漂亮的女性理发师每日艰辛工作为身患重疾的儿子换取医药费的辛酸生活；《三轮车夫》写出了年过半百的中年男人，为了生计既要当保安又要当三轮车夫的不堪重负的人生；《奶粉》里描写的是尚在哺乳期就遭遇母亲遗弃的婴儿的不幸；《原乡》和《山树进城》分别用随风天南海北飘散的"蒲公英"和农村里连根站在城市陌生土地里的"树"来比拟进城的"农民工"，呈现的是城市化进城中一个群体卑微而无奈的命运。这些诗像简笔画，为读者勾勒出了一幅幅人世间底层人民辛酸命运的图景，渗透了底层与弱势群体在人间之中命运的疾苦。在苦难盛行的时代，大多数人面对别人的不幸早已练就铁石心肠，冷漠而麻木。而张春林难能可贵地保存了一颗感知到他人苦难的敏锐的心，他正是属于托尔斯泰曾说过的"能感受到他人的痛苦"的那一类人，他能将自己放在"他者"的情景中，这是诗歌写作者最弥足珍贵的心境。

在创作中书写死亡是文学作品的常见主题，张春林的诗歌也对于这一主题进行了探索。他并未对死亡进行抽象的哲学层面的挖掘，而是用直白的语言描绘自己在一次次具体面对死亡时的场景与心境，并在此基础上进行朴素的沉思。比如《来自天国的电话》一诗通过自己无意之中留意到电话上一位已故朋友的名字，引发诗人对于人的终极命运"死亡"的思考，在这里，诗人对于这种命运有着自然接受的坦然；《伞》中用零度叙事的方式讲述自己不得不面对生命中一个个朋友逝去时内心不可填补的缺失与空白；《我记得》中，诗人写生病时在医院直面陌生人的死亡，在这里，呈现的是死亡必然带给一个病人的焦虑与担忧；《纸火铺》中诗人几乎以嬉戏的语气写面对死亡时的从容淡定"每次路过那里／我都忍不住探头探脑／想看看有没有自己将来／中意的物件"。诗人写自己一次次直面死亡时的心境与思绪，他的反应是矛盾的：时而坦然淡定，时而焦虑担忧。然而这才是一个普通人面对死亡时的正常反应：努力做到超脱却又无法真正超脱。如何从容直面死亡，是一个人一生都要修的功课，书写死亡以期达到和死亡的和解，或许正是诗人修炼的途径。

第五辑《鹭过长江》的大部分作品主要就宜宾地理环境与历史文脉进行诗意的梳理。张春林在宜宾生活十多年，宜宾的山水、名胜古迹、历史史迹、当下的烟火饮食都成为他创作的源泉。而通过他的诗歌，宜宾这座城市的独特性便得以被发掘与塑造。宜宾位于长江流域，有"长江第一城"的美称，被长江滋养的诗人把最高的礼赞给了长江，在《长江之头》《江水辞》两首诗中，他写出了长江水的慈祥与圣洁；《百二河山》展现的是宜宾的地理环境特色和在历史上的军事地位；《流米寺》《洗马池》《观斗山》《东山白塔》这些诗，既呈现了宜宾的名胜古迹，也将与此相关的历史典故融入其中。《宜宾黎明》《宜宾燃面》勾勒出的是当下最日常的宜宾，那是属于每一个宜宾人的生活与烟火气息。

从诗歌创作的艺术性来看，诗人在《月亮把圆满分给人间》的创作也形成了较为显著的特色。概括起来有以下三点：第一，诗人感觉敏锐、细腻，善于从细微处入手，对人生的一些细节有所感，并将这些感受化成诗歌。如《临行》一诗写自己远行前去与父亲道别，正准备削梨的父亲将梨放下而拿起一个苹果。因为"梨"与"离"谐音，"苹"与"平"谐音，诗中父亲放下梨子转而拿起苹果，显然是怕与儿子"分离"而盼儿子"平安"这一心理的外化。通过细小的行为，描绘出父爱的微妙，父亲不语，爱却深沉。第二，诗人善于挖掘各种物象现象与人之间的关系，并由此进行更深层次的哲学思考。如《笼中鸟》一诗中，通过写诗人试图让一只整夜站在冰冷铁棍上的鸟，躺在他给鸟铺的一只草窝而无果的事件，以鸟喻人，探讨人所具有的不可改变与侵犯的独立意志。《寒江月》一诗虽短，但容纳了人、船、月亮、云朵等物象，并试图通过人与物共同姿态的描绘，去探索人与存在于天地之间事物的关联性。第三，一些诗歌运用象征、讽喻的手法，让诗歌具有幽默、荒诞和喜感的特质。如《这样也好》写一只栽倒的金龟子被蚂蚁运走的场景，面对一只栽倒的金龟子，诗人写下了这样的妙言妙语："人和车、犬和猫匆匆而过／没有脚步停下，没有谁扶它起来／也没有谁叫救护车""我蹲下来察看，它没有身份证／没有手机，没有体温和心跳""我没有问它们要去哪里／我朝长长的送葬队伍深鞠一躬／听见自己轻声说／这样也好，入土为安"。像是在用诗写一个有点喜感的童话，但若将金龟子换成人，这似乎是日常生活中常见的悲剧及周遭人的冷漠。语言的嬉戏诡异，呈现出语言的幽默感，整首诗在一种荒诞、喜感的氛围中又带有一点苦涩。

张春林的诗是从现实的土壤上生长出来的，他的诗经由语言重整了他的身心俯仰其间的现实世界，对现实生活的众多层面进行了观照，呈现出繁复而细微的人间风景。同时，诗人的创作也取得了不错的艺术成就。但诗集中的一部分作品也不尽完善，其文字缺乏隐约的探索纵深与复杂的隐喻，没有形成诗歌的美学空间，诗的质素也较为稀薄。相信在以后的创作中，诗人能拓展成更富纵深的诗想与意境。

是为序。

2024年3月18日于洛带岐山村·素园

目录

第一辑　这样也好

第二辑　寻回自己

第三辑　仰面修行

第四辑　与风和解

第一辑

这样也好

这样也好

一只金龟子忽然栽倒在太阳下
人和车、犬和猫匆匆而过
没有脚步停下，没有谁扶它起来
也没有谁叫救护车

我蹲下来察看，它没有身份证
没有手机，没有体温和心跳

一只蚂蚁也蹲下来察看
后来，它叫上一大群蚂蚁
或许出于对逝者的尊重
它们没有使用担架
用手将金龟子高高举起

我没有问它们要去哪里
我朝长长的送葬队伍深鞠一躬
听见自己轻声说
这样也好，入土为安

小鹿

曾在我心头乱撞
今天，我看见
它在非洲草原做成的液晶屏上乱撞
撞在一头成年雄狮身上

小鹿的妈妈
正从液晶屏的另一端
焦急地赶来
如果雄狮不吐骨头
她就永远也不会知道

夕阳埋葬了这场杀戮，一块液晶屏
锁住了我和鹿妈妈内心的苍茫

渔网

打无数个结，用力拉紧
只是为了更好地散开
多网住一些柴米油盐

打结的人
心中是否都有打不开的结
如祖母在静夜手捧一张破网
用守寡的余生修补眼中的河流

那一年，三十六岁的祖父
面朝洪水撒出一网
网住大鱼，网住水草
也网住下水取网的自己

那一年，父亲九岁
之后，他总是执着于一事
奋力解救蜘蛛网里的求生者

流浪猫

老小区有一群流浪猫
它们每天接受一位老太婆喂食时
乖得像顽皮的孙子

春天如约而至
野猫的欢叫声撕裂了夜空
它们不知道
"奶奶"头脑里的血管
正一点点撕裂

立夏那天凌晨
老太婆僵直的躯体
从底楼由邻居缓缓推出
他们推出这个小区最大的善意

猫们紧跟在老太婆身后
不停用手掌抹眼睛
其中抹得最多的那只
已大腹便便

电话

我在远游
拨打父亲的电话
拨了三次，没有接
我又拨打母亲的电话
拨了五次，没有接

我拨电话的手指
忽然涌上一阵担忧

半个小时后
父母回了电话
父亲在外散步
手机在家里充电
母亲在跳广场舞
铃声小于音响

挂上电话
我长出一口气
但挂电话的手指
仍在微微颤抖

谜面

在风中独自啜泣的人
心里应有悲伤
在雨中独自燃放烟花的人
心里应有喜庆
那一年，青哥去世时
有人看见青嫂独自在风雨中
一边啜泣
一边燃放烟花

想法

老小区已不如年轻时候
梦总是短，总是比清晨更早醒来

一只比熊犬身披露珠
牵着一个老人出门
比熊往左，老人往左
比熊往右，老人往右
绳子在老人手中
决定权在比熊脚上

我看得出
这犬无意牵走所有人间冷暖
但面对这个儿女他乡留的晚年
它有做一回人的野心

无题

自从老伴闭眼后
她的眼神就不好用了

她跟儿子儿媳住在一个屋檐下
一天切菜，她切掉半个手指

我去看她，她的精神藏在深处
用沉默代表言谈
我开玩笑说：您是不是嫌肉不够
切点自己的手指补上？

听到肉字，她猛地抬起头来
刚才还谈笑风生的儿子
忽然间低下头去

替代

到野外拍照时
她的脸是欢喜的
她用手指做成的兔耳朵
仿佛可以剪断一切愁思

手机收起那一刻
她把嫣然
交给花丛中最艳的那一朵
把自己交给来时的自己

风等了很久
但她没有再回来
这个春天
那朵花一直替她笑着

残月

根本不用抬头
我也知道天上发生了什么
脚下的稻田与荷塘从不隐瞒

今晚，残月又把圆满分给人间
托它的福
谷粒是圆满的
藕是圆满的
露珠也是

再过半个时辰
残月就要走过来
跟这些圆满商量收割的事
这多像乡亲们手握镰刀
商量着收割圆满的秋天

那时的我，常在萤火虫
出没的夜晚
用手指一指天上的残月
把耳朵埋进祖母的臂弯
直到把梦
做成一把蒲扇

放弃

一群大雁从北方飞来
一个掩映在草丛中的枪口
缓缓举起，向它们瞄准
突然，枪口缩了回去
因为，大雁在空中
刚刚排成一个人字

笼中鸟

我曾在寒夜
送给笼中鸟一个草窝
让它好好躺一躺
它并不领情
宁愿整夜站在笼中
冰凉的铁棍上

后来我渐渐明白
不要妄图改变一只鸟的睡姿
如果非要让它侧卧、仰卧
或者俯卧
等于让它去死

它在梦中紧紧抓住铁棍
似乎抓住一种安心
这点，特别像
那个整夜抱着枕头睡觉的
独居女人

寒江月

我坐在船中
船坐在江中
月亮也跟着赶来

我抱着双臂
船桨抱着船身
而月亮，正抱着水中
棉袄一样的云朵

一阵怀揣体温的风吹过来
江心的月亮
忍不住
往我身边靠了一靠

选择

如果人生还有得选
我愿做一个
还能经常落泪的
急诊科医生

春水

新生鱼儿的额
撞破镜面
水草侧着身子萦绕
鸭子的脚板踩动涛声
——柔软的事物都有温暖的一面
入夜，当人间昏昏欲睡
江水伸出慈祥的手掌
哼起袅袅的摇篮曲
一遍又一遍
轻轻拍打失眠的江岸
江岸进入梦乡后，一再确认
从冬天过来，苦水就有了甜味

春来

野外土筑小径上
人群小心翼翼出游
种子在泥土中暗自使劲
姑娘们鲜衣嫩衫
如次第开放的玉兰花瓣
寒意收起银针
在风中说话已没那么刺骨
我借几声鸟鸣放在唇边
轻轻喊出自己的小名

快剪师

她是唯一没有外出打工的漂亮女人
在这条街上,她以瓜当头
练就了天下最古老的武功
街坊们送她一个雅号:一剪美
理发的队伍排得老长老长
每天深夜,她扶着快折掉的腰
将男女老少的头发扫在一起
犹如扫拢一堆十元钞票
也很像把儿子化疗的缴费单
扫进口袋里

原乡

像一个鸟窝里孵出的蛋
长大后变成蒲公英
一窝蜂向天南海北散去
又由于某种冥冥
再度聚首
他们站在一幢机器轰鸣
即将竣工的高楼顶上
抹一把脸上的汗水
也可能是泪水
大声说
我们是一个生产队的

晨露

所有的事情
总有一个开端
如露珠
把一天之计写在草尖
有人说："露在太阳出来时
就化作了虚无。"
事情有些出乎意料
不等太阳清理门户
它们已滑入草木的裤管
寻找雨后春笋另外的隐情

雨夹雪

各为其主却情同姊妹
都从天上下来
貌似高冷
热衷于编排人间
即使风中创作那么艰难
直到岁末的山头
终于肯为死去的树和虫鸣
披麻戴孝
山脚叶尖才忽然悲从中来
撒下几滴泪珠

四季

秋冬是忙碌的人
把树木的衣服一件一件脱下
又一件一件给人群穿上
而春夏做着相反的事
他们陌路但从不指责
辛劳但从不抱怨
就像一个幸福的人
一辈子做着自己喜欢的事

树桩

荒野中
风吹着我的后背
我不动
它一定以为吹着一根树桩

良久
我起身离开
风继续吹
吹向下一根树桩

三轮车夫

小区门口的保安年过半百
许多东西都压在肩膀上
喘气时声音也弓着背
下班后换个行装
唯有象征安全的皮带
还神圣般系在腰上
三轮车，把汗滴洒满偏街小巷
我与许多人一样
常会单方面解除与快车的约定
与他不期而遇

虎说

老虎长不出翅膀
但谁也不能阻止它们长出想法
事情应该是这样：
老虎收集掉落的皮毛做成彩裳
送给一群越冬鹦鹉
一并送上百兽之王遨游蓝天的梦想
"人世间有一种期许会酿成辜负"
当虎皮鹦鹉皈依人类的笼子
飞翔就沉沦方寸之间
于是，在所有人沉睡的午夜
失眠的鸟笼
常有几声怒吼划破长空

原谅

那年夏天，一场雨
不小心毁坏了三叔家的院墙
三叔在风中捶胸顿足
第二年春天
雨才在龇牙咧嘴的玉米地
得到三叔的原谅

假山

假，在这里生不出贬义
但也找不出哪一块
是当年愚公移出来的

再美再大的山脉
都可以在这里找到超级浓缩版
甚至可以嫁接三山五岳
造一个只应天上有的感叹号

作为集大成者
它很少高声说话
只有在感到旱情来袭时
才会忍不住吐出一股股清泉

幺舅

您心怀武林，有一双巧手
我八岁那年，您把半截红松
削成一口大刀，我成为傅红雪
我十岁那年，您递过一把樟木剑
我击败了谢晓峰

生活之难胜过刀剑
您背负行囊行走广东
用川味竹签串起一片江湖
十年躬身昼夜，债主终于远去
而肝却硬起心肠
在夜色中找到您

我已享拥四十四个春秋
比您在人间时还大三岁
想起您说"病好了我们一起喝酒"
我在寒风中又斟一杯
挥入您坟头长出的刀光剑影

陪护

她的一条腿断了以后
儿女将她交给轮椅
交给一个素昧平生的大姐

大姐比她大一岁
每天风雨无阻
推着她出门
似乎伞上的雨声可以缓解疼痛
阴天可以让她放松
阳光可以治好她的腿

有时候
她会忽然转身抓住大姐的手
什么也不说
但皱纹懂得皱纹的声音：
你就是我的另一条腿

鲜花

花店俨然是美丽的花园
一个小孩前来
捧走两束康乃馨
送给单身的妈妈
一个男青年前来
捧走九百九十九朵玫瑰
送给前女友
还有一大丛菊花
一直在角落里静默
昨天预订它们的女人
此刻正躺在冰棺里
想要嗅一嗅花香

鞋匠

街口的鞋匠
修鞋是一把好手
钓鱼也是
我一直试图
寻找这两者之间的联系
直到有一天
我看到他将一根麻线
穿过一只鞋的鞋跟
提在手里
眼放精光

猪蹄尖

以前，川南的小孩不能吃猪蹄尖
夹在筷子中也会被父母打掉：
以后会叉住媒人的嘴巴！
前天，我看到三叔
又打掉侄儿夹起的猪蹄尖
谁知侄儿又抢了回去：
我以后自由恋爱！
看着碗里
侄儿夹过来的几块净肉
三叔的酒杯晃动着两滴晶莹

君子兰

去年，我宿醉后的花铲
不懂怜香惜玉
铲去它一对小翅膀
伤筋动骨一百天啊
今年，它刚刚恢复元气
竟然面朝我开出一小朵橙黄
我长舒一口气
幸好它不念旧恶

临行

我要出趟远门
前去向父亲辞行
父亲端出一盘水果
他随手拿起一个雪梨
刚要削皮
却忽然悄悄放了回去
转手抓起一个苹果

报恩

去年，在太阳手底下的山顶
我曾解救过一朵云彩
后来，我走到哪里
试图报恩的云彩就跟到哪里

炎炎夏日，我独坐山顶
它在天空解开自己
仿佛我可以随时向天伸手
要一阵微雨

狗尾草

地球藏满骨头的秘密
不知是谁
泄露给漫天游弋的黄狗
诱惑式俯冲，争先恐后
大地接纳头颅和身子
怜悯的风收留了朝天的尾巴
寻觅是一种痛，落泪也是
我翻开埋着夕阳的土丘
寻觅我的童年
和那只长眠的老狗

老亲戚

养猪的杨老伯
从第一书记手中接过一叠温暖
刚捧在手心
就瞥见一窝猪仔从指缝蹦出来

憨厚的锑壶
熬出浓浓的老鹰茶
杯口露出积垢和手掌抹过的敞亮
——不喝就做不成亲戚

已走出好远
身后，还搡着一块腊肉

风吹大堂

晚风拖着与乌云激战的疲惫
敲开一家人的大门

大堂里年迈的老者
正挥动錾子刻刀
在木匾上刻下锄头上的汗滴
万卷书中的辛勤
风尘里的骨头，儿孙们的谦恭……

肃然起敬的风，躬身扫去纷纷木屑
木匾在大堂站起来
一个字就是一道霞光

没有睡意的风
拂晓跨出门来
撞在几个晨读的孩子身上

野味

一只猫躲在墙角啃老鼠
也啃着清晨津津有味的阳光
我很想过去告诉它，这种野味
放进开水里炖熟更好吃
放在架子上反复烧烤会更香
剁碎下油锅爆炒会更鲜美
还可以佐酒
我终于什么也没有说
只是抬起手
放过一只
刚刚破土而出的金蝉

公园一瞥

两个女子
站在公园一角
她们把笑声和龙门阵
摆给风听
她们的孩子
在不远处与风追逐
后来，风停了
其中一个女子
忽然抖动肩膀哭出声来

奶粉

这孩子幸运
吃的是妈妈在体内
冲调好的奶粉

也有的孩子
妈妈体内天生没有奶粉

还有的孩子
妈妈带着奶粉跑了
他们的爸爸
每天都挥舞锄头
把一袋袋奶粉
从地里挖出来

圆月夜

今夜人声挤满小院
我把手掌放在秋天中间
月亮把月饼一分为二

我拿起左边
很轻，像游子的漂泊
指尖下涌动的芝麻
已化身一颗颗寸草心
我拿起右边
很重，像天下老父亲的咳嗽
像晚归的高铁
一个近乡情怯的深呼吸

忽然，天上有响动
我抬起头来
只见月亮正招呼嫦娥
将自己切分，装盘
月亮可真是个好人啊
一边照看天上

那么多流浪的星星
一边舍去自身
将圆满悉数分给人间

大娘

小区一位大娘与我同姓
十多年前，她老远就要叫住我
把家常拉得很长
前年起，她走到我跟前才能认出我
家常拉得越来越短
今年，我出差十多天回来
我们擦肩而过
我叫住她，半晌
她恍然大悟地叫出我的名字
旁边有老人啧啧称奇：
她现在连自己的儿女
都认不得呢！

清洁工

扫大街的人
除了落叶和纸屑
还要负责把天扫亮
当跛足的她
把星辰和月亮扫进箩筐
额上爬出来那滴
最大的汗珠
就是太阳

杂技

舞台上
一个人在垫底
你知道，他们
一定曾有很多失误垫底

人梯越堆越高
最上面的小孩离地10多米时
所有人都把心提起
放到嗓子眼，堵住惊呼

最后，当小孩从大人肩膀
轻盈地一个空翻
观众席上
每个人都急忙伸出双手
接住自己的内心

第二辑

寻回自己

晾衣杆

一生要活就活得横平竖直
竹子为数不多地做到了

在由竖变为横的日子里
它直挺挺躺在两个树杈间
向骄阳示威
向风雨雷电挑战
戏谑一朵接一朵压过来的雪花

但它最怕
那个本命年的老男人
一大早晾晒他红红的小三角形
比红红的太阳还要招摇

每当这时
它就恨不得
长出两片遮羞的叶子

望星空

不知你是否仔细揣摩过夜空

你能看见的星星
都是你在世间认识的人

他们的眼里有各自的考虑
比如，圆瞪着眼是仇人
眯着眼笑是亲人
不停眨眼是恋人
偶尔眨眼是友人

还有一个在最不易觉察的角落
同样圆瞪着眼
那是你自己
就看你敢不敢指认

高铁

因为行事稳当，速度常被忽略
有时被高架举到天上
领回一头雾水

有时隐身山谷
像谁故意放低身段

过隧道时
有人对着手机大喊大叫
仿佛与人间突然断了联系

而我双目微闭
我正在梦中尝试骑一匹银马
那马失了前蹄
却如履平地

打水漂

我用尽全身力气
贴着水面抛出薄薄的石片
仿佛也将自己抛了出去

奔跑的涟漪如脚印
我试图数清哪个脚印
是现在的自己

可是来不及
石片迅速向水底沉去
我两手空空，什么也没做
任由它沉没

是啊
与其费心打捞湿漉漉的自己
不如在这亿万年河谷
留下一个可供想象的分身

对弈

有人扬起手
食指上的天空
从古代送来电闪雷鸣

一门大炮翻过高山
击中正在田角耕作的丞相
小兵在前冲里喘息，但拒绝回头
他心知肚明
过了河，就能变成车

一匹马已在手掌的汗水中
挣扎了很久
它同样清楚
一旦跃过楚河
就会在汉界的斜日里
失去前蹄

而此刻，丢掉亲兵的大帅
正在帐中来回奔走
他拿不定主意
到底要不要牺牲自己
去保全一辆旧车

蚊子

有严重的偏食症
为一顿饭，每天穿越生死

有人劝过它多食露珠
改用针管救死扶伤
它不听。它悟性不够
注定成不了佛

春夏急躁，很多事物忙于投胎
它更加看不住自身
"啪！"
这清脆宣告一种轮回

它在雪白的手掌心
流尽别人的殷红
而复眼还没有关闭
后腿颤巍巍合拢，像作揖
像等待一个前来献血的善人

摔杯为号

西厢房觥筹交错
刀斧手埋伏在酒杯中
他每多喝一杯
心里的鬼胎就摇晃一次

再不动手就醉了！他摔杯为号
但盘金丝毯密实
收走了青铜的声响
于是，刀斧的手不知所措
隐入更深处

而我的战况与古人不同
我曾在一个月黑风高之夜
去鸿门设宴
恍惚间，我也摔杯为号
碎玻璃如刀斧砍向地板

灯光拂衣，人影晃动
一个埋伏在门外的女子闪身而入
手提一把扫帚

废旧回收

我拿着一台取下硬盘的旧电脑
站在回收人的箩筐前
斜射过来的太阳让模糊的液晶屏
发了一阵光

当时我穿着几年前的旧衣服
趿拉着一双颜色老气横秋的拖鞋
比较起来
仿佛我才是应被收走的废品

我下意识按住电脑音量调节键
生怕它一不小心
报出让我脸红耳赤的价格

缘分

培训班结业式上
我分享了在几首诗里
读出来的禅

回到座位后
有人加我微信
竟然是一位大法师

我的手机暗自庆幸
在忍受我的絮絮叨叨之外
从此，它还能在早晚
听到一座寺院
袅袅的钟声

河蟹

请原谅我的标新立异
自从看到溺亡的人站在河底
我就学会了像人一样行走
从此，整条河流
没有谁敢不把我当人看

如今，我来到岸上
这里是普遍向前行走的人间
我同样需要标新立异
赶紧换回属于螃蟹的步伐
可是没有人告诉我
横行乡里的下场

鱼刺

长在美味身上
为了人类的胃
可以忍受骨肉分离
但对于一边大快朵颐
一边把牛吹上天的
它们会送上一种滋味
叫做
吞不下去
也吐不出来

武侠剧

主角的血流到最后一刻
仍然逃不过死掉的命运
不过中途就算受最重的内伤
也能奇迹般活过来

配角也不轻松
总有意外发生
但也许最后不用死

最小的角色知天命
如果安排他开场就现身
往往活不过第一集

我在连续剧中受过伤，也伤过人
时间这位导演，从未告诉过我
应该扮演什么角色

群

世上有一种天
会被聊死
世上也有一种击打
不会造成外伤
今天早上
我碰到一个刚用手指
在手机里发完飙的人
被人从群里一脚踢出来
他说无所谓
但他转过身时的寂寥
化作内伤出卖了他

评论区

一张世上最廉价的沙发
不需一锤定音地拍卖
谁先开口说话就是谁的

沙发之下
是一大片什么鸟都有的林子
这里，口水是诛心的炮弹
笔是斜刺里讨伐的兵
还有一些看不到水落石出的人群
站在旁边疯狂吃瓜

评论区恢复往日理性前
发帖的人不知所终
只有路过的风知道
他此刻正趴在草丛里
被自己扔出的手雷
炸得面目全非

后来

小区后门
仰天躺着一块磨刀石
一个老汉埋头苦干十余年
每天经过那里
无力啃动肉和骨头的刀具
纷纷排队等候
杀猪刀总是抢在最前面
恍惚间，我看见几十年后
石头还仰天躺在那里，磨刀人不知所终
它的面前，数不胜数的猪羊马牛
鸡鸭鹅鱼
排成一望无际的长龙
手里都提着滴血的钝刀

格斗游戏

这里没有点到为止，必须你死我活
而弄死自己比弄死别人容易得多
但轻易死掉总是不甘心
有人花钱为自己续命
"啊，我又死了一回"
继续死亡，又继续复活
七天七夜，有人把命停在操作杆上
找不到复活的理由

检票口

在这里身份证是绿灯
列车即将动身
而我正好"验证失败"
红叉将我拒之门外
第二次验证，它仍不肯松口
仿佛我是个冒牌货
身份证上另有其人
又仿佛我已不在尘世
证件早已作废
事不过三。我再次把自己放上去
天啊，"验证通过"
仿佛有谁在茫茫人海中
忽然间认出了我

晨起

一架早起的飞机
从东方的地平线上掠起
掠过万里碧空
留下的足迹是一串长长的云彩
而对于太阳来讲
这串云彩是一根救命稻草
昨天它跌落山谷
今天全靠拉着这根草
才费力地爬上来

反复

清晨，公鸡再次朝天呼唤
太阳仍从山那边跨出来
清风继续贴着水面飞行
一切都是昨天的样子
我知道，我们一直生活在反复中
反复应当归入永恒
我也知道，就在哪一天
我会在一次反复中
一去不复返
但奇怪的是
我并没有要去更改的意思

饮者

酒越喝越渴
是黑夜摸索出的真理

血肉之躯，跌跌撞撞
碰翻过一切清醒的事物

饮者，清醒时痛恨自己
醉酒时责怪别人

酒瘾来袭时
可以顺手牵来万个理由
你看，他以酒能醒酒的名义
又端起了大杯

守林人

看住一座无名山
比看住一个人更难
——站得高、看得远
有时未必看得透
比如，落英、黄叶、熟果
虫蛇、鸟兔
心思都隐藏在密林最深处
若干年后，当守林人随风去了云端
这座山欲言又止
它还是没有说出最想说的那一句

看见

越过相安无事的村庄
我把目光投放到非洲草原
狮子熟练地切断羚羊的喉咙
水牛在被扑倒的同伴身边转悠
岩羊母亲护着孩子
在悬崖上与黑熊对峙
河马从鳄鱼嘴里救出断腿的角马……
回过头,我看见自己的悲欢
比肩长颈鹿
但我对人生的理解
还是没有超过一群鬣狗

染发

除夕前
我去了一趟理发店
从头梳理走失的一年
但明年是个未知数

镜子里银丝在相互攀比
染发师一句：
要过年了，不要把劳累留在亲人眼里

我耳根发软
第一次颠倒黑白

借住

云喜欢借住在天空
阳光总觉得碍眼
派风把它撵走
云四海漂泊
人间也是一个去处
它借住得最久的地方
在一些人的心上

碎纸机

自从坐进办公室
就瞧不上囫囵吞枣的读书人
读书一向讲求精细，慢慢嚼碎
再咽下去。腹内诗书越积越多
拥挤的书卷气让我警醒
我面壁思过，坦率承认自己
吃软不吃硬

说也容易

有些战争
即便剑拔弩张
也打不起来
但有时也容易
比如两个小孩
手握拳头在风中对峙良久
彼此都有放过对方的打算
但只要有人从背后轻轻一推
就打得不可开交

柳絮

"有的事物需游离，
才有存在的意义。"
至于是否出自风的本意
比阳光和温度更难以理解
对柳而言
没有风就没有后世和远方
大地宅心仁厚
不与做嫁衣的风计较
只有患上过敏、哮喘的
街道、马路和小径
还在口罩里不依不饶

风在长叹，如同
春情勃发遭遇寒冰
如同有人费了很大的劲
仍然拒绝被认可

断木

刽子手的大刀
一定是借助风的胆
才敢切下犯人的头颅

电锯则不同
竟然在风的圆瞪中
切下树的头颅
那树的梢啊
都快摸到天的脉搏

一个寂寞的桩
白天给人坐卧
只有深夜，才在月光下
化作一道沉思的残影
如同失去头颅的人
冥想头顶那段时光

斑马线

路叫马路
因为隔一段就有一匹斑马
那些蠕动的条纹就是斑马线

跨过斑马线的人
像骑着马
人多时是马队
一个人则是单枪匹马

袭击人马的人
已关进了笼子
笼子外的高墙上
爬山虎已自毁
泛不出一丝绿意
但笼子中每一根肠子
都是青的

深水区

意味着高过头顶
意味着举起双手就是喊救命
把岸上的人吓一跳
意味着有鱼跃出水面
低头看会吓自己一跳
这多像你坐在他的对面
面露人畜无害的微笑
但你心里忽然算计了他
你顿时吓了一跳

共鸣

家里两只虎皮鹦鹉不停地说话
它们说的不是人话
我听不懂，但对我有致命的吸引力
我忍不住将自身的鸟语掺进去
效果明显，它们马上停止说话
侧耳倾听。我闭嘴时
它们三步两步蹦到我跟前
似乎听懂了我的鸟语
而我满脸疑惑
不知自己刚才到底说了什么

对话

他说：
这次我专门请假
陪你游玩名山大川
回去能叫我一声爸爸吗？
孩子说：还不能
于是，他想每年夏天
去一趟黄果树或百里杜鹃

辩证法

风一阵又一阵过来
撩拨着花瓣
它以为自己
完成一次又一次戏弄
它不知道
花也是这样想的

鸡毛

散落一地时
许多人和事正土崩瓦解
也不是完全没有希望
有人将它们拾起
做成令箭

密码错误

一张年久失修的银行卡
仍然保留较劲的性子
它与POS机起了争执
第一次，POS机和颜悦色
第二次，它语重心长
第三次，它已懒得说话
像一条经验老到的贪吃蛇
张开巨口
活生生吞下了你的错误

该页无法显示

仿佛一开始就遇到顶头风
事情突然间失去下文
半途而废
白白葬送了自己的前程
又仿佛已进入尾声
却晚节不保
"该页无法显示"的液晶屏
左右不是，满脑空白

话里刀锋

有些话，从舌尖滑出
走进他人的耳朵、喉咙、肠胃
有人将它揉捏、冶炼、组合
变成一把利刃在人间传送
有些话，从舌尖收回
有人将头贴近你的胸膛
想要听出江河挥刃的霍霍声
却一无所获
有些话，徘徊于说与不说之间
犹如一把举棋不定的钢刀
站在西风残照的十字路口
不知要趁着夜色杀向谁

忘不掉

忘不掉一座山
有人选择登上更高的山
忘不掉一本书
有人选择读完以后烧毁
忘不掉一个人
有人选择把爱化作恨
如果忘不掉自己
我们常常无计可施

日常

老居民楼迎来新电梯
旧楼梯掉进空落中
有人的轮椅坐上直升机
慢生活加快了节奏
"生搬硬套的事物
总是美中不足"
譬如，我住五楼
按"五"抵达后要爬十级楼梯
按"六"抵达后要下十级楼梯
妻儿喜欢按"六"
而我钟情于"五"
于是，日子在电梯口分叉
然后殊途同归
我们都不说彼此对错

磨刀石

上辈子立场不稳
随一块巨石滚落山谷
砸死战场上的兵
牵连今世轮回
罚以千刀万剐

钝刀，长着一副卷曲的面容
割肉时最难受
贴上来，反复凌迟
霍霍，霍霍

肉身越来越薄
心里越来越打紧
那些磨快的刀
都去干了些什么

新年到

年跟着地球跑完一圈
就要经过这里
小孩子就要穿上新衣
街道两排的树
紧了紧彩灯做的腰带
也要盛装出席
每到这时，树被五花大绑
被喜庆搞得晕头转向——
前年小叶榕长出苹果
去年梧桐长出柑橘
今年银杏长出八仙
只有桂花树上的半截枯枝
朝远山伸着清醒的手掌
想要寻回去年二月初一
走失的灯笼

眼镜蛇

老花的人高兴时
常会取下眼镜
去看清近在咫尺的人间
而它，只有在怒不可遏时
才会警告敌人
我脖子后还有一双眼睛

响指

这是两根手指制造的交响乐
如两座山峰相撞
如两串鸟鸣交锋
仿佛在这人间我俩并不陌生
仿佛你交待的事我都已搞定
而有人始终不会响指
仿佛他的指头演不了谍战片
怎么也对不上暗号

水果店

这里是水果的城市，它们
语言不通，都不说话
昭通苹果在天平上踮一踮
跟一个大爷走了
新疆哈密瓜打个滚
跟一个小孩走了……
怀远石榴目送它们
灵山妃子笑的腮边
挂着一滴唐朝的泪珠

风犯了一个错误

一座陌生的城市
一个不坚定的路牌
在一阵歪风的挑逗中
回身指向一条寂寥的小巷

陌生的车、陌生的人
进入这座陌生的城市
从那个陌生的小巷
进进出出，骂骂咧咧
仿佛往返于徒劳的虚空
陌生的我，跟在他们身后
恍惚、迷茫，失魂落魄

几天后，我再次走过那个路口
小巷已重回寂寥
肇事的风已重回天上追赶云朵
唯独我跌回记忆中
迟迟迈不开脚步

蜂蝶记

我和妻坐在春风里
一只蜜蜂过来
不顾妻的目光
围着我转了好几圈
我挥手一指
它才飞进油菜花丛
过一会，一只蝴蝶飞来
明目张胆坐到我腿上
面对妻阴晴不定的脸
我一下将蝴蝶捂住
咬着牙问妻
要不要给你做个标本

蝉

整个上午
我一直在跟一只蝉讲道理
在这个推崇清净的院子
它必须明辨是非，松开手脚
向一根又聋又哑的树干
低头认错

意外

光天化日之下
一只大犬将一只小猫
逼到墙角
面对大犬目露的凶光
小猫手脚打颤
但脸上斗志昂扬
忽然，小猫往前一个猛扑
大犬吓得往后一退
这时，犬主人毫无表情的脸上
忽然生出一分精彩

楼上楼下

楼上一对年轻靠前的夫妻
楼下一对中年靠后的夫妇
楼板虽非薄如蝉翼
却活脱脱是一个传声筒
清晨，脸上能拧出水来的小妇人
总能在电梯里
碰到楼下顶着熊猫眼的男主人
后来，小夫妻搬走了
搬进一对老年靠后的夫妇
楼下的眼眶
逐渐恢复了人样

站住

站住是一句脱口而出的台词
透着坚定，暗含凄美
很多时候，只有自己知道
到底经历过什么
然而，面对一辈子
最有可能的幸福
还是有人脱口而出：
你走！

微信红包

转账是赤裸裸的
像一阵风在桌面上摊牌
因此，你每次发来的
都是红包
而我不也使用第三方工具
让你保持神秘
有一次你说要重重奖赏我
我忐忑不安，不知道
你发过来的是二百元
还是一分钱

吃药

全世界都在烧开水
他们需要沸腾
而我此刻不需要
我倾尽全力找到一颗
救命的后悔药
我必须立刻吃下
我必须提起脚板寻遍天下
哪壶不开我就提哪壶

摔跤后

去年秋天，我赤手空拳登上这座山
途中摔了一跤
今年冬天，我拄根铁棍又来
山被大雪戴上一顶高帽
装作不认识我
大树也在风中扭过头去
直到棍子跟山石碰出火星
我才听出山的无奈：
纵然彼此有些过节
也不用如此明火执仗

野花

刚到野外
野花们扭着各种腰身，围拢来
不知道哪朵为我而开
哪朵我该采撷

我低头，装作寻找头天晚上
逃入草丛的流星
眼角余光里
野花们，又一齐左摇右摆
迎上后面的游人

我快走几步
前面是自家的一块菜园

看雪

南方看雪
如游子归家
我在家门口看雪
以为可以从乡愁中
摘出一两个恰当的句子当晚餐
然而，整个下午
我都在飘洒中无法自拔
几乎耗光了游子一生的内存

误会

我用脸打开小区大门
一只宠物犬朝大门径直奔来
仿佛有急事
我赶紧顶住门，准备让它顺畅通过
当时我心中涌上做好事的愉悦
谁知它冲到门口，一个急刹
在地上闻了闻
头也不回地跑开
我怅然若失
它不领情，我也脸上无光

第三辑

仰面修行

陈良方

仅一个陈字
就把住五千年涌动的脉搏
深山茂林奉出神农百草
熬制成一首扶困济弱的汤头歌
回望时珍捻须、华佗沉吟
生生不息的岐黄之术
于阴阳五行中穿越杏林春满
那济世的壶啊
借望闻问切装进人间慈悲
如同一双惊天妙手
把回春的良方
装进芸芸众生的心房

天使之外

病房有一位大姐
不负责治病，也不会治病
有一双大脚，但走路比猫还轻

她说她有病在身，别看拖地时不喘
晚上咳起来整幢楼都在动

她说每年与物管签一次合同，有保险
敢爬上二十七楼的窗台

她进病房前，病房大声喊痛
她出门时，总能掩上一阵笑声

她曾问我床头那篮子花是不是真的
我出院时
篮中花开得正艳，就送了她

她说真香，她举起其中最美的一朵
说跟去年那个病人临终前送她那朵
一模一样

瘦身帖

我疏于看管
身上二十余斤肉不翼而飞
之前身体报过警
但警察表示无能为力

事已至此，我不想深究
也并非一塌糊涂
现在，我可以像燕子一样奔跑
可以轻易将自己
从单杠上提起来

唯独麻烦的
那只旧识今年春末要飞回
我得提前给它
寄去一个高空望远镜

金钱草

生于荒野
如铜钱转世

我腹内的石子
去年冬天隐去
今年春风吹又生

我以沸水激活金钱草的血性
寄语它每天穿过我时
用钱眼带走那些势利的石头

忘年交

走下三尺讲台后
仅过十年就走上天空
你承诺的寿比南山呢

听说医院叹口气
将你送回农村老家
听说肺部涌上的痛
胁迫你用尽最后力气写下
请求安乐死
我的全身顿时力气全无

你曾说朋友间不能跪
那一夜，我还是跪了
不要怪我
你也曾说过死者为大

我为你没有写完的自传
作了两页迟到的序
当着你的面点燃
它在烛光中沙沙作响

仿佛你觉得有欠缺
正用红笔修改

序化作灰烬时
忽然"啪"的一声响
仿佛你过于用力
笔尖断在几滴墨水里

我记得

我记得，有些我如山倒
有些我在抽丝
我记得，笑常常浮于水面
痛往往讳莫如深
我记得，有一年
我搀扶自己前往医院
当一辆推车
推着一块不肯醒来的白布
和一阵啜泣，从我身边走过
我放下自己深皱眉头的病历
在斗转星移中扬起脸
对看完我的病历后
同样深皱眉头的主治医生说
放心，我病得很轻

纸火铺

阳间开着阴间的超市
端坐在里屋的人
不知在低头想什么

有人进来购物
他说他花的是那个人的钱
选购各色物品时
他毫不犹豫替那个人做主
仿佛深知其喜好
又仿佛这里都是好东西

每次路过那里
我都忍不住探头探脑
想看看有没有自己将来
中意的物件

断片

酒造的孽
酒不记得了
碎酒杯念念不忘

嘴造的孽
肠胃不记得了
肝脏仍记忆犹新

他努力回忆昨夜的惊险
忽然从脑海
捞起去年六叔
遗忘在医院的半块切片

尝试

没有试过的事
很多人都去尝试
比如有人还没有死过
他们赶到寿衣店买了衣服
穿戴整齐，在人间四处招摇
仿佛有谁
从另一个世界归来

能不能回到从前

自从妻摘除胆囊后
对我说话的声音小了许多
作为四川男人，我怎么也不习惯
耳朵站立起来的感觉
我常在给她炖的鸡汤中
加些人参、山药和甘草
希望能增大一些她的脾气

雨泡

我的强迫症超乎想象
我一直在研究
雨落到地上，为何
有的瞬息不见
有的冒了一个泡，随即消逝
有的冒了一个泡，却久久不散
但有的事我不敢去想
为何有人从雨中的天空飞下
泡也不冒一个

伞

大雨没有停下来的意思
生命的流失也没有停下来的意思
身边的朋友一个个离我而去

我刚看望一个垂危的生命
来到医院门口
雨中一个人行色匆匆走来
她撑着一把雨伞
进入遮风挡雨的楼道后
她的伞
一直没有从头顶下来

陷阱

浅浅地挖
倒是一个良心坑
却不能致对方于死命
必须深些，再深些
最好无限接近地心
草皮须与周边无缝接轨
足以掩人耳目，瞒天过海
坑底也须铺设穿心的锋利
一切准备就绪
他在一支烟中想了半天
最后，挥动锄头
在旁边掘了一个
刚好能装下自己的坑

漏网

远方有鱼
冒一身冷汗
手掌拍着胸脯说好险

渔人在旁观者的唏嘘中落寞
几十年前他就知道
漏网的常是大鱼

他不知道的是
他相依为命的网，此时心中暗喜
它已听从对面寺中老僧劝诫
偷偷放了一次生

娃娃鱼

一只娃娃鱼在水缸里入定
它心无旁骛，饿了也不哭
只在心脏处轻轻敲着木鱼

一群欢快的小青鱼
游弋在它身旁
当它突然发难
水缸才会一阵慌乱
之后在淡淡的血腥味中
恢复宁静

可怜的七秒
让剩下的小青鱼
在死路一条中继续作乐

而娃娃鱼还是一动不动
其实，它已在用人脑的那部分
思考自己的未来

烟囱

像一支香烟站在大地上
太阳就是一个打火机
烟圈一个接着一个
将太阳圈进云层

毕竟是向死而生
有一天轰然倒下
灰飞烟灭
仿佛一只无形的手
把烟头摁熄在大地上

醉后k歌

有人只剩一个音
至于鬼哭与狼嚎谁更难听
话筒也不计较
一曲终，便有人
端着违心的酒过来
醉生与梦死
都被一饮而尽
那四个被漏掉的音
顺着嘴角悄悄滑落

考验

年轻时候的手，做过不少错事
听闻忏悔有用
前来遁入空门

庙前最后一级台阶
一群蚂蚁抓着一条蚯蚓
拖往洞里去

救蚯蚓，蚂蚁要饿肚子
跨过去，蚯蚓将坠入轮回

牵开蚯蚓
将手指塞给蚂蚁
先拖走，这戴罪之身

二维码

身体有塞车的危险
医院有疏通的能力
泌尿科看在腹中孕有石头的分上
收留了我
护士按流程配个腕带
姓名、性别、年龄、科室
和年月日井然列队
二维码居中而立
小纽扣锁住手腕
也锁住我龇牙咧嘴的庙宇
检查、采血、输液
护士手持阅人无数的仪器
以"叮铃"一声悠扬
扫射二维码结束操作
那刻，我仿佛又被过滤一次
仿佛有块心知肚明的石头
刻意暴露我的悔不当初

山树进城

树连根而起、净身出户
它们站进陌生的泥土
勾勒出造物者想要的影像
它们在熙攘中伸出修剪过的手
似乎想要抓住什么
仿若许多人，舍弃家乡来到异地
他们站立、弯腰、蹲守或匍匐
不断变化在风雨中的形状
变化活下去的姿势

千古名句

据说，写下千古名句的人
是不会死的
每当有人疾书、默念或吟诵
他们都要坐起来
看一句话如何在人间
重获新生

夜雨

夜色让天空失去把控
雨下得自由散漫
到地上弄出声响，是从心所欲
到江海是进入轮回
被风带进山寺，是半路出家
有一滴飘到我身上
无疾而终

辣鸡

造化不仅弄人
一只鸡一直吃辣
它希望死后变一种方式
却被人藏进一堆辣椒之中
再一点点扒出来
随一杯烈酒穿肠而过
它后来找到平衡
另一只鸡每天生活在辣椒园
把生活过得辛味十足
死后也希望做成辣鸡
然而主人没听懂它的遗言
以清蒸送它进入轮回

杞人

我是一个标准的杞人
日夜担忧
诗歌好不容易爱上我
会不会有一天弃我而去
儿子将来结婚后
会不会不让我帮着带小孩
妻老态龙钟时
会不会不再挽着我的胳膊
不敢想啊，这些事
只要有一件变成现实
我的天就塌了

虎山行

在杏花村，我喝过
十八碗米酒
我手持哨棒
扶住自己摇晃的身躯
恍惚间，我一步跨入丛林
拾级而上，如登天梯
终于，一只吊睛白额猛虎现身岩石
朝我狂啸，树叶如遇狂风尽落
急切间，我举起哨棒朝虎头劈去
"啪"的一声，哨棒断
我也被贴着虎画的墙
震得仰面朝天

献血

五年来
他从身上拿出800毫升
交给血站。护士付给他一句话
本人及直系亲属十五年内免费用血
他连忙拒收，说
希望先来的是明天
而不是意外

拾金

夜跑中
一张大钞出现在脚边
我拣起来
竟是另一个世界的钱
我没有交给警察
估计他们一时半会也找不到失主
我也没有放进兜里
兜里还有点存款
我怕混淆了两个世界
我将大钞放回地面
吩咐月光帮忙照看着
也许，失主将会原路找过来

单拐

他只有一条腿
单拐是另一条腿
他健步如飞，谈笑风生
关于那条断腿
早已埋进肚子里
只有在深夜
一切归于静寂时
他才悄悄翻出往事，那天
他舍腿从车轮上
救下的一岁孩子
笑着对他说了一声你好

搭配

我说的是关于厨房的事
比如鸡蛋找上西红柿
是不是因为都有圆
仔姜找上鸭
是不是因为脚板的形状
不过，在荤素搭配过程中
猪是惊弓之鸟
当一只猪拱了一棵好白菜
再往前，拱到血皮菜时
它捂着肝转身逃之夭夭

江边茶楼独坐

从忙里偷一点闲
从江水之中偷一个剪影
从高谈阔论充斥的空间
偷一小块领地

偷来的，自己用最好
把时光缠绕在指尖
慢慢转动茶杯
像许一个时来运转的愿
下辈子做个闲人

吹开最后一片茶叶
端起来一饮而尽
仿佛与之前的自己
作一个了断

安全带

有人不愿在方寸之地遭受束缚
不是在车窗口放飞自我
就是被挡风玻璃收留
这么重大的事
我都不忍心写出一滴血来
而有人愿意自缚
在一些突如其来的
如灵魂拷问般的巨响中
他们被什么紧紧包裹
他们的命
被一根看似柔弱的带子
硬生生从死神手里拉了回来

人工湖

似乎没有人做不出来的事
没有征求过水的意见
也没有征求过地的意见
硬生生给地球增加了一碗水
路过的云多了一面梳妆镜
鱼虾和水草多了一个家
村里多出两个溺水的小孩
正在岸边抢救

说好不喝醉

每大醉一次
如同死一回
每死一回
都把手伸进脑海
指着游离在浪花上
那只找不家的灵魂的鼻子
告诫：不能再死了！
然而，三五天后又接着死
这世上，死也不能相信的人
竟然是自己

睡在夹层

江泳十年
我终于发现
江水里有个夹层
躺进其中
江面看不到我的躯壳
江底鱼虾咬不到我的皮肉
我时常把灵魂派出去
向黎明求一滴最早的仙露
失去灵魂的身体
在水的夹层里打盹
不用担心谁来叫醒

线段

生命是一条线段
自杀的人，故意把它剪短
热爱生活的，希望把它拉长
想要长生不老的人
千方百计活成一条射线
而我，除了不会去剪短
其他的还没有想好

寒露

漫山遍野的露珠
要用多大劲
才能在冰凉的叶子上站稳
凡是悲从中来的
都簌簌滑落

漫山遍野的枫叶
要以多大勇气
才能长成鲜血的模样
凡是躬身拾起的生命
都值得尊敬

漫山遍野的我
是露珠里单独备下的烧酒
要为鸿雁接风洗尘
我也是万千叶脉中长出的梳子
将天空忙乱的雁群先梳成一个一
再梳成一个人

静

静坐时
该不该闭上眼睛
没有人回答我

闭上眼，有些声响
总来惊扰
睁眼对着窗外
人间百态顺势涌进来
岁月难静啊

不如朝着天花板躺下
抛开睁眼和闭眼的执念
仰面朝天，也是一种修行

愁喜

人世间
总是几多愁苦几多喜
一个老人驾鹤西去
邻近的纸火铺老板
马上为生病的老娘买回一只大补鸡
蚯蚓病故，邻近的蚁群帮忙送葬
参天大树被砍去头颅
邻近的歪脖子树开出繁花
而昨夜，我的左手刚摘下一颗星星
邻近的右手就被月亮的镰刀割伤

第四辑

与风和解

古剑

解说员的话停不下来
如剑招已起，绵延不绝

玻璃柜厚重
减轻观者对锋利的戒心

灯光帮助我们穿越
那把剑上，依稀可见
两千年前的一滴血痕

我暗自揣测
这把剑千方百计将血痕保留至今
当初它杀死的
一定是它一生中
最敬重的敌人

甜竹

老家安放在川南
场坝脚下
一大丛竹与我们家同住多年
它们从南广河攫来湿润
酿成沃土，催生春笋

小时候，父亲说那是甜竹、甜竹笋
父亲的话有神圣的味道
我不曾怀疑
二十岁后的一个春天去宜宾吃饭
服务员说那是苦竹笋

前些天，父亲从老家竹林挖笋
我煮了锅酸菜苦笋汤
饭前，我为父亲盛一碗
父亲的脸将屋子拉进云层
手指敲击桌面，如同坚硬的竹节咚咚作响：
这是甜竹笋，一九七八年我就说过

烧烤

一座城市，靠近火
就会滋生温暖
如果坐在火上
就会火得更加自然

越来越多的人前来赶烤
长队排得挨村着店

烧烤架，越来越像一张试卷
争先恐后的年轻人
都把对世间的理解
在这里上交一次

烧烤架，也越来越像
一架快速升温的古筝
竹签每拨动一次
就有人在滚烫的五线谱上
成熟几分

针

总是把线穿在身上
突然冒出头来
却并不说话

有人拿起它
缝补衣服裂开的伤口
缝着缝着，缝衣服的人
就愣了神
她把自己送到远方去
这个时候，它同样不说话
用一滴血把她拉回

但也有它拉不回的事
比如，一根铁杵爬上砂石
磨出这个世界最大的声响

老夫

什么时候
我才能这样自称

那时，我的双鬓应该
完全颠倒黑白
我应该在西风中骑着瘦马
在落日中回应归林的鸟儿
不停地说：老夫，老夫……

壮志未酬啊
这时，我只盼恨意滔天的仇人
前来将我激活
他应该在风中
用刀剑指我鼻子
大喝一声：
是战是死？老匹夫！

男女有别

乡村小路上
公厕还在赶来的途中
一个三岁小男孩江河涨满
慌忙中他掏出自己的性别
一道弧线也慌忙超过他的头顶

这时，一只小母鸡
忽然从草堆中钻出来
小男孩连忙背过身去

匠心

扫净一地尘灰
把一块石头请进屋里

石头坐着，人站着
比划的手指，犹如一支支彩铅
在心中描摹

一尊神的音容笑貌，在脑海绽放
将心贴近石头商量
这个模样是否中意

打荒，定型
大刀并肩阔斧，放洞联袂镂空
找细，打磨
成了！恍惚间
汗滴跳入神像的眼睛

天地轰鸣
激动的闪电撕开窗帘
看见一尊神
拜在一个人面前

芒种

一行白鹭的翅膀
正在露珠里
为这一次远翔备马
四野扬起的锄头已撞响了天空

当你俯首阳光拉开的序幕
手中的笔就化身锄头
一张张浸润古今中外的考卷
化身静待作答的土地

每当你写下
流畅如风声的一笔
就是埋下一粒涌动的种子
也是为参天的锋芒埋下伏笔

如果你不想在大地留白
请拿出时光的积蓄
一锄一锄，用认真的心跳
种满所有空隙

在这由辛劳主宰的尘世
没有人能够阻挡
一粒小小的种子
开出大大的花

拔河

一条河，握在一群人手里
呐喊声与汗水一起掉入
胜负见分晓后
人群倒地
而那截不愿放手的红头绳
仍紧紧拴住一条河流
沉浸在被争取的喜悦中

无锁畏

第一次在风中看到这个店招
我有些凌乱，以为是错别字

走进店门
老板正在克隆一把钥匙
我才明白
他敢在现代汉语上动手脚
是锁芯里跳出来的自信

该怎么形容呢
他就像一个魔术师
将门外失魂落魄的人
奇迹般变回了屋里

备胎

一个词语被赋予特别意义时
它就会被特别所覆盖
当轮胎躺在后备箱里
它是名副其实的
偶尔被起用

当它翻滚进入生活
就是一个活生生的人
一个左右为难
几乎用不上的人

于是，有人偷偷从生活
翻进后备箱，等待时机
当钉子从马路上站起来
就要扎进轮胎时
后备箱还是忍不住
大喊一声

蜣螂

你最嫌弃的
别人或许正梦寐以求

傍晚的月亮
为它们的一顿饭导航

横切是一种艺术
制作球体是更大更圆的艺术

而倒立行走
用后腿将球体推向太阳
更是超越尘世的哲学

难怪古埃及人认为
地球的转动
蜣螂是最大的推手

立秋

我把这两个字推到你跟前
如果你看到一朵凉沁沁的霜花
你是对的
如果你看到蒸笼中
扑出一只热气腾腾的老虎
你也是对的
面对接下来的喜怒无常
谁敢肯定老天会放我们一马
而生在伏中不知伏的人
可不可以理解为放过了伏
我什么也不做，高高抬起手
选择先放过自己

尾声

农贸市场从白天退出前
一群老太太进场了
她们包围
折扣打得不能再低的菜摊
用手掌做刀砍价
砍下一篮子笑容拧回家
她们不是抠门
她们比我们有钱

意会

三只蟋蟀，一公两母
在一座人迹罕至的孤峰上
打得难解难分
没有章法的打斗有时更致命
最后，公蟋蟀轰然倒下
两只母蟋蟀一边抹泪
一边将公蟋蟀移入草丛
公蟋蟀皮开肉绽
但双目紧闭
它以自己的死
守住了所有秘密

保险

作为一个身含铁质的人
我越来越像一把钝刀
有时连一条单薄的河流
也砍不断
我准备给自己
买一份高额商业保险
在我锈迹斑斑时
赔付我一块磨刀石

树皮

经过一棵树时
我用手拍了一下它
手上传来的刺痛感告诉我
我拍到几条皱纹
但它还这么年轻啊
我不由自主摸了摸
自己的脸

玉米树

玉米树分公和母
母树结果，公树不结果
公树是甜的，仿若甘蔗
母树不甜，但她结出的每颗玉米
都是甜的

对比

你说你是留在人间的朽木
我也有岁月浇铸的偏锋
这些年，你在林中挣扎着
试图与风和解
我也尝试雕刻自己
不断削去的棱角
总在陡峭面
出人意料地冒出来

求雨

油菜花举着黄金
李花举着白银
茫野小草举着铜钱
它们踮着脚尖，争先恐后
要在南天门开设的窗口
买几阵好雨

高峰如香烛疾呼
叶与叶合十诵吟
多么虔诚啊
只待万事俱备的云端
洒下第一声雷霆

立春

应当沏一壶茶
放入心中最嫩的一片叶子
看它伸懒腰，醒过来

应当饮一盅酒
送别人间所有料峭
如果你因此醉了
我帮你把今朝挪到明日

应当出去看一看
你会发现油菜花最不守时
也最有头脑
它用黄金多买一些春天

还应当
摘下口罩，纳一阵东风
它会告诉你
如果你不想要
冬天就从此取消

心思

一湾湖泊，一湾天鹅
天鹅振翅，天空变得高贵
阳光醉卧一行白云
而人间低处
一只青蛙
在湖畔杂草中醒着
面朝远逝的肥美
使劲打磨锈迹斑斑的舌头

敲键盘

一定与键盘有仇
但你不承认
你说键盘是你儿子
反复敲打，是为了
让他吐出的每行字
都要像人话

狂风

这是对人间
一次明目张胆的洗劫
落叶只有从高高的树上跳下
才发现高与痛的关系
才发现什么叫无力回天
老宅的碎玻璃在责怪窗棂
河床上的水仿佛
要找一个缺口泼出去
我发现到帐篷去躲
是一个伪命题
我的双臂索性叫我
朝着风来的方向用力打开

断桥

一副完美的脊背
几十载驮着众生过河
一夜暴雨
折断了腰

嶙峋的肋骨
抓住钻空子的风：
给前方溃于蚁穴的河堤带句话
这里，有不用花钱的石头

新房落成那天

从前鸟不拉屎的地方
一幢新房站起来
我从心中取出喜笑颜开的贺礼

赵叔穿过硬朗的场坝和鼎沸的乡亲
如同冲过贫困线
急切伸过来的双手舞动着憨笑
四只手握成麻花

醉意朦胧的傍晚
窗花目送我临行的脚步
我问赵叔：我再为您做点啥？

路过的彩云在风中停步，侧耳偷听
赵叔的脸膛蹿上红霞：
你帮我盖起新房
能不能帮我介绍个婆娘？

小草

这块巨石太重了
压得它身下的土地寸草不生
今年是个意外
春天探出身子时
一株小草也从巨石下
探出身子
我也探着身子
走进小草的内心
看到它正在筹划
把巨石驮去远方的东海

打赌

一朵奄奄一息的花
已经放弃了抵抗
跟她最要好的风过来
她照样把招手变成挥手
我跟她打赌能把她救活
她不信
她绝望的眼神
看不到我藏在身后的
一壶淘米水

胸肌

江泳的队伍中有胸肌
在江边一抖一抖地走动
几个踩水的女大学生捂紧了小嘴
金沙江顽皮
每次抚摸送上门的胸肌
总会忍不住笑出声来
我江泳十多年
终于在胸部练就一点隆起
那天刚一下水，水就摸上来
我忍不住笑出了声

民宿

老黄原想自留一间上房
后来，看在大钞分上
也看在小他二十多岁的娇妻
听不惯一些声响的分上
他俩搬到对面的南山
自此，夫妻俩最大的乐趣
就是客房满载后
躲在天然氧吧围拢的被窝里数钱
数着数着
妻子不易觉察地皱了皱秀丽的眉头
第二天，老黄从银行出来后
光着膀子闪进一家健身房

冷枪

枪是凉血训练的武器
即便在激情澎湃的风里
它也像藏在冰雪中的杀手
不带一丝情感

然而这一次
它竟然心跳加速、汗流浃背
那个前方的背影对它有恩
他曾在荒郊野岭收留它
细心修复它的破败不堪
擦亮它作为一支名枪的尊严

不，绝不能对他下手！
它内心叫喊着
在扳机扣响的一瞬间
它选择了炸膛

打开

早上，阳光来到我窗外
我看出它的心思
它想进来坐坐

这些年，在不太为难的情况下
我遂了许多人的愿
打开一扇窗似乎也容易

阳光走进来，屋里敞亮了许多
它扫视一圈
还没找到想要的东西
一朵云就把它接走了

风雨正在赶来
我什么也不做
任凭窗户敞开
任凭人间多一种噼啪作响

春风帖

长江中漂浮的龙脊石
是我存放心事的地方
昨天清晨，我在嵯峨的巨石上
解开胸襟，正要取出一枝龙胆
她携劲帆过来
掬一汪远航的涟漪
修复了我的沉船

稿费

无非是
把多年喝下去
并存放在腹中的墨水
变成一个个铅字
再拿出来换成钱

缺钱的诗人
深谙如何把一句话拆散
如何让一个字获取一行诗的报酬

我也穷
由于腹中地盘还不宽阔
我在驾驭文字前行时
往往不敢轻易回车

莲花里伸出的手

村子西边，有一个偌大的莲花池
花开的时候看不到东边
有一天，这里被赋予特别的内涵
为仕途奔走的人们，一拨又一拨
有的坐着飞机从天而降
探寻莲花出淤泥而不染的奥秘
每当人们交头接耳
清风就准时走来
察看哪些昂首站在前头
哪些戴着墨镜藏在身后
人们一窝蜂散去时
莲花不紧不慢伸出手来
拉住几个人的衣袖

半圆

有人追求每天圆满
湖上的拱桥却不
一生只修一半
它深谙
月夜、晴天来临时
该圆的自然会圆

打印机

这所大学很窄
前门进，后门出
一条单行道
如果不小心卡顿
可视为毛焦火辣的堵车
但无人敢轻视它
你看，哪个不是一张白纸进去
满腹珠玑出来

低头与抬头之间

风在西移
我一低头，再一抬头
刚才还露着脸的夕阳就没入山顶

"世界上很多事情，都发生在
低头与抬头之间。"
那一年，堂哥一低头
恋爱生生丢掉了自由
那一年，表弟抬起头
抓住远方一所大学

而岁月在山脚急速流失
山腰一块埋首多年
难以掌控自身的巨石
已策划明天破晓前
有一场向山顶的位移

山顶积雪

北风路过，群山端坐
有的用头顶挽留了雪
有的选择放手
我相信雪
留在山顶自有道理
正如有人耗尽一生
只为在人间点亮一下
别人的眼睛

功课

万里无云时
太阳的光线为天空绘好了蓝图
收尾的事情交给雨雪去做
波浪进入海底时
鱼虾蟹和水草一起在海面绘就蓝图
交给一阵大风带走
而有些人的蓝图开始在纸上完成
后来随着时间的拉长
就在肉身上刻画
还是做不到入肉三分
在生命的最后一刻
蓝图终于完成，仿佛给来世
提前做了功课

逃亡

这犬做出拿耗子的事
被猫们驱逐出境
那个被它视为天下的院落
从此成为一步一回头的故乡

它行千里路，不读万卷书
它改头换面，隐姓埋名
受嗟来之食
被当头棒喝

天亦无绝犬之路
几只好心的鼠辈收留了它
每日黄昏，便有一景
——鼠们前往垃圾山
翻拣残余的晚霞
它负责高处望风与挺身而出
在与猫们的反复较量中
一点一点找回守门将军的尊严

小暑

南方煮新酒
北方煮饺子
一切都是最好的安排
怀揣火炉的人
他们的心早已入伏

同样怀揣火炉的
还有回到房前屋后的蟋蟀
它们用五线谱与我们抵足而眠
并在一声声吟唱中走向成熟

而小鸟们满眼羡慕
它们羡慕
在阳光制作的蒸笼里
人类可以卸下自己的衣衫

人类呢，也不要羡慕凉风
人世间每一次盛开
特别需要
汗水的力量

监控

常常居高临下
从不心怀叵测
也不颐指气使
只做一个客观的记录者
记录善行，也记录暴行
记录欢笑，也记录悲歌……
深夜时，总是无所事事
它就把蟑螂
当做小偷记录在案

第五辑

鹭过长江

长江之头

站在这里，我才明白
天下母亲的哺育如出一辙
有一种慈祥叫回头浪
站在这里，我才明白清与浊的全部含义
才明白这人世间真有因果
也只有站在这里
站成雪山的模样
我才敢领受
大海逆流而上的敬意

江水辞

这么好的水
你再不来，它就要东去
这么好的水，不多养点鱼
水不答应，鱼也不会答应

多么好的水啊
岷江每激荡一层薄雾
金沙江每放逐一朵浪花
都足以洗去人间所有不净

你看，合江门前
走在最前面的白鹭
为了这水，不远万里赶来
它从天而降
在亿万年石缝间
轻轻啄起一条长江

盖碗茶

用茶盖把茶水捂住时
仿佛捂住一对火热的骰子
可以随时摇出想要的时光

单手打开天
单手托住地
把唇凑过去嘬一口
那赌徒般的贪婪劲儿
仿佛凭一己之力
要把天地精华吸干

如果有一只茶盖
朝天放在竹椅上
请不要忙着收回
一定还有个人
正风尘仆仆朝这边
赶过来

百二河山

二万人马
能御百万雄兵
宜宾自古就是兵家必争之地

目光穿过牌坊
渡过岷江
白塔身旁有一座又薄又长的山峰
如一把利刃划向长空

一阵风从对岸吹来
我感到牌坊为之一紧
是啊，只要对面还有刀锋活着
它就必须替这座僰道古城
保持足够的警醒

宜宾燃面

没有水火不容
一碗热火朝天
让人欲罢不能的面
离不开一锅良心水

沸腾中摸爬滚打、能屈能伸
走向成熟时随心所欲
但离开水时必须清醒和彻底
如同像样的人生必须甩干水分

芽菜、花生米、碎葱、辣椒油
一个不离不弃的组合
借助一双筷子
破译乌蒙山的天机

你可能也没想到
长江之头随便一根面条
都能把世界反复点燃

处理

江边有一块巨石
我常常化身猴子
手足并用地爬上去
把心事掏给大江

如果是晴天
我就将它们一字排开
当阳光晒过巨石
移到金沙江铁桥时
我就委托一列轰隆隆的火车
将它们压成粉末

如果是雨天
我就把它们堆放在一起
由雨水打包带走
化作江中一朵粉面的浪花

睡姿

星星在夜空闲聊，云在云上飞奔
妻拉上窗帘
讲起学校一个六岁小孩
因为腿疾，即将大手术
还得伴随化疗
窗外的冷风拉扯我的心
有一种力量抵达后的疼痛
第二天清晨，我蒙眬中睁开眼睛
发现自己保持一个奇怪的睡姿
双手合十

来自天国的电话

我在老手机
传送过来的通讯录上神游
指尖被一个名字牵住
那是不久前逝去的故人
恍惚间，一颗石子从天而降
敲醒我年逾不惑的脑海
百年之后，我将失联
除了亲人偶尔睹物思人
多数人甚至挚友
都会将我从手机中永久除名
此举非无情，我充分理解
谁都不期望
一个来自天国的电话

梦见

有那么一些没有来由的夜晚
总是梦见自己
骑蹇马、披破甲、去常羊山
与一群似曾相识的蒙面人
血战三天三夜
我的躯体支离破碎
我的头颅悬于山巅
我在无物之阵中徒挥断戟
只是，我比刑天幸运
每当东方欲晓，总有一阵
仿佛来自远古的铃声
将我原封不动地送回

雾

雾袍宽大，总喜欢从人间借东西
而对于物归原主，它习惯隐约其辞
如同蝙蝠曾借去一身夜色
早已丢弃羞耻心
今日，晓风未起
它将拆掉骨头的大手伸到我家门口
借走了翠屏山、五粮液、流杯池
直到太阳红着脸站出来
才把金沙江、岷江、长江还给宜宾城

读共工怒触不周山

我也吃过败仗
却不敢以头撞山
我最大的能耐，不过是
长条桌上，铺六尺生宣
绘几幅景，画几簇竹
东南一隅，布点星辰
西北天空，挂几条大河
再大不了的事
就是换个大酒杯
面对生活块垒
打掉牙齿和血吞

下棋

森林密集，山河拥挤
小区花园让出一角
一张象棋桌得以安身
太阳午休后启程
树荫下的鸟鸣
点燃老头们的棋瘾
摸子还动子，落盘尚可悔——
争论的尘嚣掀翻路过的云
沉底车孤军深入
连环马逐日追风
空头炮隔山打牛……
烽烟四起的楚河汉界知晓
这个下午
有人赢得了战争

春将至

老树伸个懒腰
风在躬身挖地
长江往岸上踱步
鸭子们向远处划船
而天空的燕子
也在提前赶来
此时有人忙着
往行囊中塞满星辰
有人带着充盈的雨水
飞往遥远的南方
只我没事儿，一个人沿着岸边
把胸中奔腾的浪花
放逐在江中

石头

我把自己
安放在南广河边的大石头上
去而复返的鸟儿前来打听
石头为何改变了形状
流水托着我的影子
像托住一片羽毛
小心翼翼奔向远方
我从石头起身
天空怅然若失
它或许在想
这块东奔西走的石头
何时才能重返家乡

后背

这十多年，我蛰伏在宜宾
睡过地下室
买过东街的袜子
吃过女学街传说中的蹄花面
兜里故事越来越少
时间的棉被越来越薄
后背，有重量在聚集
如果，后脑勺上有双眼睛
我会看见
山峰已呼啸而来

一道方程

上下五千年
纵横八百里
一捺一撇写成的未知数"X"
交点上就住着宜宾

金沙江和岷江连成"V"
长江添上一笔
三条江就成了"Y"

站在合江门地标广场，我能算出
这道"X+Y"的方程等于零
在三江口宁波塔，我大致算出
"X+Y"等于288
在西区财富广场，我迅速算出
"X+Y"等于1亿……
只是，蛰伏宜宾十多年
我始终没能算出自己等于几

江畔雕塑

寸土寸金之地

独享两三亩草坪

千树杜鹃围拱

一条玉带横空出世

伯歌季舞，婷婷凌空飞渡

牵住车流潮涌的目光

历数人间冷暖。一个夏日

上游风雨咆哮，下游怒涛上岸

玉带随波逐流

大潮退去，草坪空旷

雕塑走失在江中

走得那么干净

仿佛带着某种故意

老友远方来

算计好，高铁站台有个拥抱
被彼此，狠狠一拳打消
很少有人能看懂
抬杠，是最好的交流
菜夹不动了
就摆龙门阵下酒
贴着墙壁，把笔直的高楼
摇得七荤八素
还能喝的底气
留给伸不直的舌头

流米寺

一头牛在山中俯卧千年
鼻孔也能生出传说

有米的生活安然
但总有人按捺不住
贪婪者已走失在飘飞的秕壳中

而鹰隼的饥饿仍在盘旋
它们得在黑夜来临前
找到一艘南广河的沉船

宜宾黎明

我的城市上了年纪
没什么瞌睡
白塔顶上有谁抛下一声咳嗽
两千多年的梦就醒了
有人将巨轮抱到江中
笛声收拾心绪又要远行
蔬菜捧着露水从七星山下来
扁担挑着老农的脊背
它也不知从何时起，人们
喜欢吃虫子啃过的东西
玉兰灯一宿没睡，在街边硬撑着
等那个扛着笤帚的跛脚大娘
前来拾起昨夜南风来不及带走的梧桐
东方一条大鱼趁人间不注意
面朝浓雾借去的翠屏
悄悄露出了白花花的肚皮

鲁班山岩瀑

这座山被刀斧劈过
那些冬天裸露的伤口
与崖下的嶙峋
对应成鬼斧神工

川南喜欢润湿
神从远方运来雨水
高岩冲决出生机和仰望

阵阵轰鸣中
缝纫机在天地间悬挂布匹
二月的风正在赶回
要为人间草木做一身彩裳

泳者说

从江心看到的锦绣
没有到过江心者没有话语权
更无法说出，一双手可以托起一座
停不下来的大桥

为了这别出心裁的景致
十多年来我赤膊穿过春秋冬夏
穿过大腹便便或瘦骨嶙峋的长江

需要特别说明的是
作为一个落水者
这些年
我没有喊过一声救命

跳跃

一座拱桥映在江上
它不知道自己
就是一道天然的龙门

一尾鲤鱼忽然冲天而起
它的身体本就是一道优美的弧线
如今阳光又给它镀了一层金

大江吓了一跳。这时
又一条鲤鱼冲出
但是谁也没有看清
是不是刚才那一尾

老城墙

等了一千多年
也没等来一场浴血奋战
城墙下，那个铜打的将军
貌似横刀立马
内心早已坍塌
城墙上，一夜暴风雨
城砖由内向外脱落
第二天，有人前来修补一个朝代
新与旧无缝衔接
你看看我，我看看你
依旧相安无事

碧峰峡

有人在地球上切开一个口子
种上桫椤、桢楠……
种上大片岩石
凿出坡度，再种上溪水
拉出一帘幽梦般的瀑布
冲决出一个又一个桃花潭
有人由上往下看
有人由下往上看
在山峰间重复春天的词汇
大声呼喊
而当初切口子的人并不应声
他早已从碧绿的鸟鸣里
切开一个口子
远遁到另一片峡谷中

草船借箭

谁借我一场弥天大雾
谁借我千艘快船
谁借我千捆稻草
谁在我身后摇旗呐喊
大战在即
我必须亲自擂鼓
为我前方的稻草人助威
昨天腹背受敌，中年狭路相逢
我不能再输了明天
我只能眼睁睁看着
视死如归的稻草人
万箭穿心

神木垒

每一棵树都有自己的神
它们有原始的包容
千百年来
苔藓、木耳、蘑菇和风
都可以长在树上
天蓝得厚积薄发
一手拨开云彩
就可以抓下一片蓝天
送给你我他
取之不尽，用之不竭啊
小车行到山顶
一头耗牛抬起头来
它的眼神
在我们与车轮之间打着问号
什么时候
亲戚也变成了四条腿

扇子

纷乱的地摊前
我弯腰拿起一把蒲扇
仿佛拿起童年
蒲扇是新的
像祖母年轻时的脸

我又拿起一把折扇
打开的一瞬间
波涛里山川如隐喻
看不清生活的折痕

最后，我拿起一把羽扇
如同拿起一个朝代
但我尚有自知之明
即便我八擒孟获
他也不一定会降我

洗马池

孔明的马
比任何时候都心知肚明
它们打胜仗的心不变
唯独身上的色彩变幻莫测
赤橙黄绿青蓝紫
千马瞬间变成万马
将敌人的雄心吓成鼠胆
多么耐心的水
它们将自己洗成一幅幅油画
只为将丞相的胜仗留在宜宾

观斗山

时常观天象的人
心中都有放不下的天下
到山顶观天象的人
便是天上派到蜀国的将星
七擒已是煞费苦心
七纵更是殚精竭虑
丞相，孟获已有归降之心
山上凉，请到江船小酌几杯

心事

我把心事存放在江中
江就更重了
而我轻飘飘的，常在江边走
当它涨得恰到好处
我就高兴
当它漫过我心中的水位
我就伤感
当它消退
裸露出一片瘦骨嶙峋
我就心生羞耻

雨城

这里的天有弥久不愈的缺口
这里的人不看天气预报
看了也没什么用
东边何时三滴
西边何时一盆
山前云中何时探出一只雨龙
没有人猜得准
有长久抬头望天的人
祈望脸上恩赐两行雨露
不料承受一抹艳阳
他一脸疑惑
仿佛一下拔高自己
身处青藏高原

桂花酒

最好是月亮上那一棵开出的花
最好是世间最甜的冰糖
最好是封存过神仙的罐子
将它们封存一月
最好是五粮液的基酒
将它们浸泡
当花离开酒那一刻
月光下晃动的
全是醉鬼

废宅

这里曾被人类占领
蜘蛛被清理门户
风雨被拒之门外
如今，这里是荒草的自留地
是蜘蛛为所欲为的狩猎场
风雨想来就来，想走就走
茶早就凉了，茶杯早就破了
甚至连碎片也不知所终
唯独那根顶梁柱
还在那里硬撑着
它侧着身子，顶着一片断瓦
像一个人把手放在额头
望着谁离去的方向

配角

阳台上适合种花
我偏不
我种满一青二白的葱
不是我需要它
是每天早上的宜宾燃面
需要这个不可或缺的配角
每当葱花覆盖面条
我的味蕾
如同出席一场奥斯卡
捧回一朵朵鲜花

老丈人说

巴掌大一个场镇
隔一天赶一次集
老丈人说
别看它小
茶馆就有100多个

我隔两个月去看一次老丈人
他说，你可真是稀客啊
我连忙送上一条烟
他说，这么客气
去年那条都还没抽完

在川南
衡量一个饭店好不好
只需一盘回锅肉
衡量一碗豆花饭好不好
只需一碟蘸水
老丈人在我订婚时说
衡量一个男人好不好
只需看他是不是炒耳朵

江景图

不一定非得要动起来
静止也可以美得令人窒息
江里的漩涡定格
它要牵走的云彩已逃到天上
江泳的人喊着千年前的船工号子
你听不到，只见他们口吐碧波
那座解放初期建成的铁桥
仍然闪着强壮的光芒
忽然，我猛地起身
一列火车正从图上
朝着我轰隆隆开过来

犀牛山

长得并不像犀牛
只是传说山中有一头犀牛
每天清晨将一片日头衔出

多少年了
它挡在我家对面
一条南广河隔在中间
为了早点看日出
我曾想学愚公移山
村里的人都外出打工了
我还是决定征服它
登上山顶
一览众山小后
我跳进南广河
我想借一个波浪
一掌推倒它

多么好

多么好，小时候
我住在南广河之头
多么好，现在
我住在南广河之尾
我掬一汪清水放进嘴里
甜得跟那时一模一样
这水多么好啊
为了我不变的口感
一百多里路
它足足走了四十年

沼泽

危险的地方常被安全打扮
我曾在梦中
无数次义无反顾地陷落
有时候爬起来了，有时候没有爬起来
现实中，我去过筠连的大雪山
那里有一片沼泽
藏在娇艳欲滴的花海身下
几根枯木在必经之道搭建一座桥
人踩上去，整个大地都在颤抖
这时我感到自己离绝美如此之近
离死亡如此之近
仿佛只要一伸手
就可以摘掉自己的小命

秋分

昨晚，月亮说梦话
被我听了个正着
它那么信任我
连说梦话也不背着我
我又怎么能
将它对我的赞美公诸于世呢

其实我真没有什么值得赞美的
回眸半生
恰如秋天走到今日
也就自己跟自己打个平手而已

不过，我还留有后手
我在一蓬晚稻下
藏了一条大江
几声惊雷

东山白塔

自从借央视的荧屏
在全球华人面前露了一通脸后
它已决定归隐

它想起自己曾镇百年一遇的河妖
曾化身一支毛笔
借朝阳的光芒投射江中
期望有志的学子提起来
蘸长江水挥毫似锦绣

它也知好汉不提当年勇
但它尚有一心愿未了
又不好对东山寺的住持明说

只有在夜不能寐时
白塔才以恨铁不成钢的眼神
看向身旁的竹笋
恨它们几百年了
还是没有长得自己那般粗壮

诗酒不分家

一滴酒
就是一个字
串珠成线进入杯中
一杯酒，就是一句话
细品，如同咬文嚼字
而畅饮，则如囫囵吞枣
当身体的江河
填满分行文字
你才算醉成一首诗

发小

我知道是什么风把你吹来的
这时候，不适合论酒量大小
酒变身水，从杯中起身
顺着喉咙流回童年
流回南广河上飞奔的光腚

这时候，不适合说近与远
一百米的归途
我送你，你送我
送成左脚敲右脚的十里长亭

这时候，适合抵足而眠
适合丢开蜂蜜说梦话
适合从梦话中端出几盘油辣子
再干三杯

高大

只有在飞机上俯瞰
我才觉得自己有点高大

从天而降
我将自己一键还原

那个骂不还口的空姐
她一直站在云层上
对着我笑